作者 卡特 × 繪畫 魂魂SOUL

目錄

登場人物介紹

聖迷迭香書院

高中部學生會

張綺綾

巨蟹座＊O型血

資優生，從一萬多個報考者中脫穎而出，以全科滿分的成績考獲全額獎學金入學。擅長推理和觀察，對眾人聲稱擁有「超能力」不以為然。

林紫晴

獅子座＊A型血

一旦決定了的事情就不會改變，有效率，但固執，不擅交際。她也是聖迷迭香書院裡的權力核心，只要她決定了的事，就會變成事實。

林紫語

獅子座＊A型血

和會長是孿生姊妹，比會長開朗、實際和易相處，掌握學生會的所有事務，是師生們的好幫手。她聲稱跟姐姐一樣，擁有「心靈感應」的超能力。

郭智文

水瓶座＊B型血

作男性打扮，像影子般一直陪伴在會長左右。她有超乎常人的辦事效率，經常在會長開口前就已完成任務。聲稱擁有「過目不忘」的超能力。

司徒晶晶

金牛座＊O型血

身型嬌小，經常穿著可愛的服裝，但思想實際老成穩重。她是消息最靈通的人，也最多朋友、最多人信賴。聲稱擁有「讀心」的超能力。

曾樂盈

處女座＊A型血

對科技和理科的了解非常深入，認為所有事情都「有因有果」，只要弄清前因後果，就能解構世界。聲稱擁有「預知未來」的超能力。

阮思昀

雙魚座＊AB型

非常博學，通曉古今文學、電影、文化和哲學。性格文靜，不過一旦談到她喜歡的話題就會停不下來。聲稱擁有「隱形」的超能力。

羅勒葉高校

學生會

鄰校羅勒葉高校學生會的會長，和會長姊妹家族是世交。對小綾萌生了情愫，在聯校舞會上表白，即場被拒絕了。

羅勒葉高校學生會副會長，明明有著一副不良少年的樣子，但卻又架著一副文學氣息十足的眼鏡，感覺有點矛盾。

推理學會三人眾

偶像是福爾摩斯(Sherlock Holmes)；中二病，認為自己是名偵探，但她的推理大多只是推測或者幻想。

體育健將，身高175cm，同時是籃球、排球還有田徑校隊隊員；惜字如金。

天然呆，經常不在狀況，聽不到大家講話；聽到的時候，會發出厲害的吐槽。

校園區大停電

三月十三日的下午，春天已經來到了聖迷迭香書院的校園，各種蟲鳴在色彩艷麗的花叢中此起彼落，斜陽穿過窗簾射進了學生會室內。此刻的學生會室裡，共有十個人在努力地工作著。

兩星期前，學生會收到了怪盜輝夜姬寄來的解藥，大家的身體因此已回復正常。在這段期間裡，誰都沒有因為怪盜的威脅而退縮，反而更努力地工作。

兩校學生會將在明天早上，對全部學生公佈新的聯校學生會會章。這個會章經過無數次的會議和修改後，終於在兩天前寫好最後定稿。

聖迷迭香書院學生會會長紫晴帶領著大家，不停地檢查著每一條條文，以確保不會出任何差錯。

第1章

而原聖迷迭香書院學生會司庫盈盈和羅勒葉高校的阿堅，則在測試由他們二人編寫的網頁，希望在明天公開前可以把潛在的問題找出來，趕及把漏洞修好。

原聖迷迭香書院學生會副會長、紫晴的孿生妹妹紫語，則負責確保明天公佈後，官方各個社交媒體的平台要正常運作，接收同學們的意見。

「我始終有些擔心，這可是聯校學生會的最終教條，就我們幾個這樣決定真的好嗎？」以全科滿分成績考取獎學金入學的「天才推理少女」小綾到了這一刻，還是消除不了憂慮，她本來是建議先召開全校大會收集意見，再提出會章草案的。

「小綾你放心吧，我們在最後加了修改會章的方法，同學有意見的話，還是可以提案修改的。」

會長沒有抬起頭來，繼續校對那接近 10000 字的會章全文。

「可是我也不明白，我們不是要廢除學分制嗎？怎麼現在變成了撰寫聯校學生會會章？」羅勒葉高校的原副會長阿煩的語氣有點不耐煩。

羅勒葉高校之前一直實行不公平的「學分制」，每個星期日校方會根據當星期的測驗總排名來分配學分給同學們，同學在商業區只能用學分購物，最低分的學生會連三餐溫飽都會成問題。

「之前小綾早就說過了，不是嗎？」同樣是來自男校羅勒葉高校的原會長阿辰回答。

「你果然是小綾的頭號粉絲！」會長一邊笑，一邊指著阿辰。

「甚麼嘛！那可是非常重要的事！每個人都應

該聽的！」阿辰停下手中的工作，抬起頭來反駁紫晴。

「那你給阿煩重溫一下吧！還有，別停下手上的工作啊！那可是會章，一字一句都不能出錯。」

「因為要廢除學分制會影響很多方面，無論以任何方式，都會有不同的副作用，所以推行時我們需要一個有公信力的聯校學生會；現在聯校學生會是我們草率合併而來的，沒有任何學生或者校方方面的授權，因此我們才需要一個會章，再按會章的規定成立正式的聯校學生會。」阿辰一口氣地說出整個理念，看得出來他是有好好地消化過的。

「聽起來真不像是阿辰你會說的話，太有條理了，你之前只是像一隻小狗一樣跟著小綾跑，現在也終於成長起來了，媽媽感到很安慰啊！」紫晴忍不住又挖苦了阿辰一下。

「甚麼？我也很在意學生會的事宜的！」阿辰氣得滿臉通紅。

「那個『也』字已經出賣你了。」連平日絕對不會參一腳的紫語也加入欺負阿辰的行列。

「所以會章內最重要的部分，就是學生會組成的方法，我希望可以以選舉的方式正式授權，這樣我們才可以名正言順的解決問題。」小綾好像完全沒聽到會長她們戲弄阿辰的説話，自顧自地補充她認為阿辰説明得不足的地方。

「遲鈍鬼又來了，明明主角是你啊！」原聖迷迭香學生會的宣傳晶晶一邊説，一邊用手拍了一下小綾的背脊。

「而且廢除學分制本來就不是一朝一夕的事，但只要有一個良好完善的學生會制度，這個問題最後一定可以找到解決方法。」小綾再次無視這種戀愛話題，看來這已經不是遲鈍與否的問題了。

怪盜輝夜姬在一個月之前，曾經警告過聯校學生會一定要停止取消學分制，否則會用極端的手法襲擊學生會。但聯校學生會沒有因此而退縮，反而更努力地朝著這個重大的目標進發。

工作到了六時多，準備也差不多完成，會章已經由眾人各自再校對過，而網站測試版上的毛病也修理好了。

「那麼，我總結一下明天的行程，早上我們先把網頁公開，然後兩校分別在早會宣佈有新會章這件事；放學後，我們再在這裡集合，一起看看同學們的反饋，然後再決定下一步計劃，看看是不是要開聽證會。」會長站起來作出總結。

「我明天早上會把網址在 Cloudflare 上指過去 Production 的 Instance，而且提案系統和反饋系統我都做了 Stress Test，不用擔心。」盈盈作為今次發佈網站的技術總監，也趁機向眾人匯報。

「盈盈，我們聽不懂你在說甚麼啦！誰來翻譯一下？」會長被那些專有名詞弄得頭昏腦脹。

總之明天的發佈一定會非常順利，所有可能出現的問題都已經預先被我設計的程式處理好了，這樣明白嗎？

盈盈雙手交叉在胸前。

然後眾人就解散了，但到了這個時候，小綾還是在思考究竟這種「先公佈，後諮詢」的模式有沒有問題，畢竟一旦公佈了之後，再要提案修改可是要經過不少的程序。

天還未黑，路上的街燈已經搶先一步亮了起來，柔和的黃色光芒和夕陽的橙紅混在一起，小綾沒有心情觀賞這美景，只是低著頭，用散步的步調慢慢地向著宿舍進發。

回到小綾的宿舍門外，小綾在這家兩層的獨立屋中生活已經年半了，管家小艾一直和她住在一起，不但會照顧小綾的起居飲食，也算是小綾的臨時監護人。

門口的機器掃描小綾的臉孔後，大門自動打開。

「我回來了。」小綾一邊脫下鞋子，一邊大喊。

「你回來了？」穿著純黑色女僕裝的小艾連忙出來迎接。

「對啊，小艾，我回來了。」小綾回答，看來她早已習慣了宿舍生活了。

「你想先洗澡還是先吃飯？今晚會吃印度菜啊。」

「我不喜歡吃辣啦……」小綾聽到印度菜這三個字皺起了眉頭。

「偏食可是不行的啊！」小艾舉起雙手食指，打出一個交叉。

「偏食有問題是因為會讓自己缺少某一種營養，但辣味只是一種刺激，有些人喜歡，有些人不喜歡，卻算不上是偏食。」小綾一邊反駁，一邊走向浴室。

「藉口也是不行的啊！放心，我調整過辣度的了！」

小綾很喜歡在浴缸內浸浴的時光，泡在熱水內，看著天花板的燈光，腦袋可以自由放飛地想些無關痛癢的事，實在令人非常放鬆。

上個月怪盜輝夜姬曾要挾大家停止廢除學分製，用病菌把大家變得又聾又啞，但一星期後輝夜姬就送來了解藥，大家回復正常，之後就沒有任何動靜了，是因為她放棄了嗎？還是暴風雨前的寂靜？還是我們改為修改會章，已經符合了輝夜姬要我們停止廢除學分制的目的呢？

怪盜輝夜姬為甚麼要維護學分制呢？身為全世界偵探的假想敵、俠盜的代表，她本該有更多的事務要處理，有更大型的劫案要策劃吧？為甚麼要糾結在這個校園的商業區上呢？她不是要把她偷到的東西全都送給窮人嗎？那應該去計劃更大型、更厲害的案子吧，為甚麼要留在這個校園裡呢？

突然，小綾頭上天花板的燈光熄滅，整個浴室變得漆黑一片。小綾保持冷靜，從浴缸內爬起來，憑著感覺、觸覺和記憶在適當的位置拿到了浴巾，把身體擦乾後，再找到更換的衣服，然後摸黑把衣服穿上。

「小綾，你沒事吧？」小艾這時才慌張地拿著兩盞手提的電燈進來浴室內。

「我沒事，是不是有電器短路了？」小綾接過其中一盞手提燈。

「我不知道，突然全屋的供電都停止了，我摸黑找了很久才找到這兩盞手提燈呢！」

小綾拿著手提燈走到電掣房，把總掣重新打開，但整個宿舍還是漆黑一片，看來供電停止了，而規模至少是涵蓋她整幢宿舍。

小綾於是走到宿舍的天台上，放眼望去，整個宿舍區都是漆黑一片，連街燈、交通燈這些一直會亮著的燈光，都已經熄滅了。

「怎樣了？」小艾焦急地問。

「看來整區都停電了，工程部應該會盡快修好的。」小綾還是依舊的冷靜。

「我們先吃飯吧，你別打算因為停電就不吃印度菜啊！」

「我根本沒有這樣想過……」小綾笑了起來。

第2章 操場中央的奇怪裝置

三月十四日的早上，宿舍的電力還沒有恢復，小綾打開手提電話，看見還是跟昨天停電之後一樣——完全沒有訊號！小綾打開窗簾，讓陽光從窗戶照進房間內，然後換上上學的衣服，跟小艾告別後，就向學校的方向出發。

走在來往宿舍和校園的步道上，兩邊種滿了粉紅色的玫瑰。在這個天氣漸漸回暖的春天，玫瑰再次盛開，小綾一邊走，一邊還在想著公佈新會章的事。她想，如果整個校園區都沒有電力供應、電話沒有訊號、也不能上網的話，新會章公佈一事除了延期，似乎沒有任何其他的選擇了。

穿過粉紅色玫瑰步道之後，小綾來到操場，操場中央擠滿了圍觀的人，小綾直覺知道這多半不是甚麼好事情，但身為學生會的總務，她有責任去了解究竟發生了甚麼事。

從人群中間鑽進去事發現場，發現操場中間放著一座鐵皮雕像，形狀像是一個頭部又圓又大的機械人跪著，用手托著下巴，一副正在沉思的樣子。雕像有著一個鐵製的地台，地台上面有著三個可以輸入1到0、「＋」和「－」還有「取消」和「確定」的數字鍵盤。

「這是『深思』吧？是採用電影版的形象呢！」思昀的聲音突然在小綾旁邊響起。思昀是聖迷迭香書院原學生會的福利，也是一個很喜歡看書的少女，所以無論是古今文學、電影、文化、哲學這些都難不到她。

「英文名稱叫做『Deep Thought』，是 Douglas Adams 名著《銀河便車指南》裡面出現的超級電腦，是一群超空間的智慧生物為了得到終極問題的解答才打造出來的，雖然得出了生命、宇宙以及任何事情的終極答案是42，但問題的本身是甚麼卻還不知道，因此那些智慧生物打造了一個生態環境，打算經過幾百萬年的實驗後，再尋找出問題的本身，但這個生態環境，亦即是我們居住的地球，卻因為剛好落在一條興建中的宇宙高速公路中央，因此被拆毀了。」思昀又再次沉沒在自己與書的世界之間。

「我沒看過這本書。」恰巧文學和小說是小綾不熟悉的領域。

「那你快點找來看一看吧，這本書可說是享譽國際呢！Douglas Adams 的筆觸非常獨特，令到整本小說都彌漫著一種荒誕的幽默感，而且，故事情節也相當引人入勝，是一本可以看得輕鬆、同時又觸發思考的好書啊！」

「那這三個數字鍵盤呢？」小綾逮著思昀這一下子的停頓，把話題從書本中拉回來。

「書中沒有這個鍵盤啊，『深思』是超越我們想像的超級電腦，她不需要用鍵盤來作輸入。」思昀自信滿滿地說。

「所以這是一台電腦嗎？沒有熒幕，也沒有滑鼠之類。」

「至少這個裝置算是在假扮自己是一台電腦吧。」思昀指著機械人眼睛的位置，那裡是一個小小的坑洞，通過坑洞可以看到裝置的內部。

小綾走近去稍為窺探了一下，發現入面有一盞綠色的燈在閃爍著，而裡面也傳來風扇發出的摩打聲，所以這裝置要麼是用電池推動、要麼就是全校園裡唯一還有供電的東西。

「要試試輸入點甚麼嗎？」思昀指著數字鍵盤。

「今天是 3 月 14 日，現在是早上 9 時正，我們試一下一個輸入 3，一個輸入 14，一個輸入 9 吧。」小綾一邊說，一邊已經輸入了 3 和 14 在兩個鍵盤上了。

思昀在最後一個數字鍵盤上按下了 9，然後再按「確定」。

突然，教學大樓的後方傳來了猛烈的爆炸聲，思昀和小綾對望了一下，心想這次出大事了，兩人立刻向教學大樓那邊跑去，穿過大樓後，發現

那邊的一個涼亭剛剛被炸毀，而且還在冒煙。

「小心一點，可能還有其他炸彈的。」小綾拉住了想衝上去查看的思昀。

「那我們現在該怎麼辦？」思昀顯得有點不知所措，如果有人受傷的話，沒有好好思考就輸入數字的小綾和思昀，恐怕要負上責任了。

「我們先圍著這裡走一圈吧，看看有沒有人因為這次爆炸而受傷，小心一點，看到任何可疑的東西就大叫。」小綾吩咐思昀，她當然明白事情的嚴重性，但保持冷靜才能夠解決問題。

小綾和思昀細心地觀察了破爛涼亭的四週，幸好，看來剛才這裡沒有任何人在，本來，這個在教學大樓後方的涼亭就是人煙稀少的地方。

「我們先回去學生會室和會長匯報一下吧，看看她有沒有安排。」小綾看著驚魂未定的思昀，拍了一拍她的肩膀，希望能夠安撫一下她。

小綾和思昀一起回到學生會室，會長、副會長、智文、晶晶都在，唯獨是盈盈還沒有出現，而且因為停電的關係，一向用電熱水壺燒水的智文今天沒法給大家泡茶，放在大家面前的，變成了在超級市場也能買到的罐裝綠茶，而且是室溫的。

「小綾和思昀，不好意思，這一刻我能準備的就只有這些。」智文非常在意大家在學生會室中未能喝到新鮮沖泡的熱茶。

「不要緊。」小綾和思昀齊聲地回答。

「對啊，總不能在學生會室內生火吧。」會長拿起罐裝綠茶，用優雅的姿勢喝了一口。

「我要先對大家道歉，因為我的魯莽，在測試操場中央那個裝置時，不小心把教學大樓後面那個涼亭給引爆了；幸好那時涼亭週圍沒有任何人，但這全都是我的責任。」小綾把罐裝綠茶放下，對著大家鞠躬道歉。

「我也有責任，其中一個數字是我輸入的。」思昀跟著鞠躬。

「小綾，你根本不知道操場中央那個機械人是引爆裝置吧，又怎能怪你呢？」會長連忙搖頭。

「我應該更謹慎些的，畢竟我是在完全不知道裝置的用途前，就決定要輸入數字。」小綾還沒有站直身子。

「你們快起來吧，我們還有很多事情要做呢！」會長一邊說，一邊硬生生地把彎著身子的小綾和思昀拉起來。

「我不知道校園內還埋有多少個炸彈，也不知道那個裝置究竟有沒有方法解除，所以我認為現在最妥當的做法，是封鎖校園，然後找炸彈專家來校園全面搜索，這才可以確保安全。」站起來的小綾對會長提出建議。

「小綾，你覺得這些裝置和炸彈，都是怪盜輝夜姬搞的鬼嗎？」會長轉換話題。

「現階段我們知道得太少了，也完全沒有證據說這個裝置是怪盜輝夜姬搞的鬼，而且手法也和過去的輝夜姬不一樣，既沒有預告，甚至連偷東西都不是。」

「所以你認為不是輝夜姬做的囉？」

「但問題是，除了輝夜姬之外，其他人根本沒動機要在我們的校園裝炸彈吧，輝夜姬一個月前警告過會阻止我們廢除學分制，阻止我們發佈新會章；雖然手法和以往不同、也沒有證據，但我們不能排除輝夜姬是這次爆炸案的主謀。」

「那就麻煩了，哪怕只要一點點機會這次爆炸案是由輝夜姬策劃的，我們也不能找外援來幫忙解決。因為經過多次交手之後，這已經是我們學生會和輝夜姬之間的恩怨，如果由外援解決的話，豈不是代表我們聯校學生會認輸了？」會長站起來，眼望著遠方。

「會長！現在不是鬥氣的時候！校園內有炸彈可是關乎人命的事。」

放心，我會讓全部學生停課，
直到裝置和停電都解決為止，
不會有任何人有生命危險，
而且只要有你『天才推理少女小綾』在，要破解這個裝置，
應該是易如反掌的。

會長信心滿滿。

「會長，我毫無頭緒啦，剛剛我才不小心引爆了炸彈。」小綾雙手合十，哀求會長。

「我派盈盈去幫你吧！她是理科天才，一定能弄懂操場中間那個裝置的運作方式的。」

「紫晴，盈盈還沒有回來。」副會長這時突然開腔，大家環顧一下學生會室，盈盈果然不在。

「所以現在我們要做的事就很簡單了，紫語，你去宿舍找盈盈，看看她是不是病倒了還是怎樣；我會到工程部看看為甚麼一整晚還沒有修好供電系統；思昀和晶晶分頭到全校各處宣佈在電力供應全面恢復、還有破解那個裝置之前，全校停課，以確保學生安全；小綾你幫我做幾張告示，分別貼在大門口和操場，宣佈停課，還有不許大家接近那個裝置。」

「電腦和打印機都不能用，要如何做告示？」小綾一下子反應不過來。

「就用手寫呀，再蓋上學生會的印章。」會長用眼神叫智文把紙筆和印章遞給小綾，然後繼續分派任務：「吖，對了，智文，你幫我去羅勒葉高校那邊，看看他們那邊甚麼情況，順便也通知阿辰我們這邊停課的決定。」

「但現在電話全都不能用，我回來時也不知道你們會身在何方，怎麼辦呢？」連一向井井有條的智文也被大停電弄得有點不知所措。

「這樣吧，我們約定三小時後回到這個學生會室，大家再交換情報，好嗎？大家的手錶有電嗎？」會長說完，大家自然地舉起手腕，手錶都是以電池運行的，停電沒有影響到它們的運作。

「我沒有戴手錶的習慣。」晶晶舉手，她一向都是用手機來看時間的，但她手機的電量也因為昨晚停電後沒有關機、沒法充電而見底了。

副會長捉住晶晶舉起的手，輕輕地握著，以示支持。

「好，那紫語就和晶晶一起行動吧！小綾一邊做告示，一邊思考一下裝置的破解方法，未必能分心照顧人。」會長迅速地改變分配。

大家都確認過時間之後，就各自出發了。小綾寫好第一張告示後，就謄寫了幾張一式一樣的，然後離開學生會室，準備在學校的各個門口和操場中央張貼。

小綾一邊張貼告示，一邊向遇見的所有同學解釋學校內有危險，大家應該要先回到宿舍，等待問題解決和電力回復；有些同學聽到要停課立刻開心得手舞足蹈，也有些同學眼中露出了擔憂的神情，但大部分同學都理解這個決定，畢竟炸彈的威力非同小可，是人身安全的問題，況且其實大家也想像不到如果供電不恢復，教學應該如何照常運作。

小綾拿著最後一張告示回到操場中央，看著那個裝置，還有那三個數字鍵盤，但她實在想不出要如何才能解除這個引爆裝置，資料太少了，如果這是一個引爆裝置的話，為甚麼要這樣大模大樣地放在操場中間呢？校園內還有多少個炸彈？這些炸彈會限時引爆嗎？

小綾想到很多個問題，但卻完全沒有答案，她在校園內晃了幾個圈，細心觀察了每個地方，但都沒有發現其他炸彈的蹤跡，是收藏得太好，還是炸彈就真的只有涼亭那一個呢？小綾沒法知道。

三小時的時限快到了，小綾帶著滿肚的疑問

回到學生會室，會長已經早一步回來了，而且雙手交疊在胸前，一直頓足，一副不耐煩的樣子。

「小綾，你有沒有頭緒？」

「還沒有，這件事實在太奇怪了；工程部那邊有甚麼消息嗎？」

「工程部那邊忙個不可開交，沒有人知道停電的原因，也沒有人知道操場中央的裝置是甚麼，更過分的是，竟然沒有任何一個人能告訴我恢復供電的時間表。」會長跺腳跺得更大力了。

「會不會是工程部的人說謊，其實是他們搞的鬼？」思昀這時突然發聲，看來她早就回到學生會室了。

「根據**『奧卡姆剃刀』**原則，所謂**『如無必要，勿增實體』**，即是說最簡單直接的推論，往往就是真相，愈多陰謀被牽涉在內的推測，其真確的機會就愈少。如果工程部的人說謊，我們就必需要先假設他們有讓校園大停電的理由，也要假設停電不能恢復對他們有利，要假設他們知道會長會過去，再演戲扮忙，這種可能性很小吧。偵探小說可能會很喜歡這些假設，但現實上這種事情還是很罕有的。」小綾經常使用「奧卡姆剃刀」原則來思考，避免自己掉入陰謀論的陷阱。

「機會很小，但不等於沒有吧。」思昀這時說話的方式就和那個偵探小說狂迷舒洛一樣，不過，以喜愛小說的程度來說，思昀可能有過之而無不及就是了。

「那我待會派人再去觀察一下工程部吧，以防萬一。」會長作出了最後決定。

「我們回來了。」這時副會長和晶晶帶著盈盈回到學生會室。

「盈盈！我很需要你！你快點和小綾一起破解操場中央那個引爆裝置吧！」會長見到她們三人，興奮得跳了起來。

「我們是在初中部找到盈盈的。」副會長打了個手勢讓會長冷靜下來，會長也一下子就感覺到事情並不單純，加上盈盈身上穿著的也是初中的校服。

「發生甚麼事了？」

「我們到達宿舍時，盈盈已經離開了，她宿舍中的管家説她早上起來不但不理睬管家，還一下子就奪門而出，當管家衝出門外打算追她時已經追不上，然後我們就一直沿路問人，最後去到初中部，那邊也正因為停電亂成一團，所以也沒發現盈盈在那邊閒晃，我們找了好一陣子才找到她。」副會長簡單地向大家解釋。

「所以，我現在已經是高中生？而且還是學生會的成員？」盈盈看著大家，然後發問，看來副

會長有好好的對她解釋過。

「該不會是失憶了吧？」小綾稍為整理一下思緒，得出了這個結論。

「看來應該是的，她的記憶停留在初中時，那時她好像還沒轉學來到聖迷迭香書院，我可是花費了不少唇舌才成功說服她呢。」晶晶在一旁搶著說。

「你哪有說服她？是我把照片給她看，她才半信半疑地跟我們回來的，幸好我有關手機睡覺的習慣。」副會長翻了一下白眼。

「看來我真的是這裡的一分子，大家都認識我，大家都和我一起經歷過很多的事吧？對不起，我現在全都想不起來了。」盈盈向大家道歉。

第4章 回復記憶裝置

「喪失記憶有很多原因，包括大腦因創傷或者疾病而遭受損害，導致失去記憶或者記憶能力，也有可能是因為服用某些藥物影響到大腦的功能，也有不少個案是因為患者受到心理創傷而造成。」小綾有看過一些關於失憶症的臨床報告。

「所以現在盈盈是哪一種？」會長焦急地問。

「我不知道，要醫生才能診斷出是甚麼原因吧，但停電和失憶這兩件事同時發生，會不會兩件事中間有些共通點？」

「現在最重要的事，就是要先治好盈盈，沒了盈盈的幫忙，我們也不可能破解操場中央那個引爆裝置。」會長說完，想拿出電話打到校園區的醫院，但卻發現沒有訊號。

「紫晴，我們親身過去吧，現在好像回到了幾十年前一樣了。」副會長笑了一笑。

「好吧，小綾、智文，我們和盈盈去醫院吧！咦？智文還沒有回來？」會長正打算出發時，才發現負責聯絡羅勒葉高校的智文沒有準時回到學生會室。

「可能羅勒葉高校那邊也亂成一片吧，晶晶留在這裡等她，我和思昀繼續在校園內通知大家停課的決定，好不好？」副會長提議。

「你留下字條就可以了，叫智文去觀察工程部；我們全部人，每兩小時回來集合一次。」會長想了一想之後，點一點頭，然後左手拉著小綾，

右手拉著盈盈，飛快地離開學生會室

向醫院進發。

三人一下子闖進醫院的玄關，發現醫院的供電沒有中斷，看來一切都運作正常，但醫護人員卻異常地繁忙，醫院連走廊通道上也放滿了臨時病床，等候區也塞滿了病人；所以當三個沒有明顯受傷或是不適的少女站在玄關上，完全沒有醫護人員有空來理解她們的來意。

「醫院沒有停電實在是太好了。」會長一方面擔心醫院停電會讓長期病患者有危險，另一方面也慶幸這樣就有醫生可以來診治盈盈。

「醫院大多都有獨立的後備發電系統，因為很多病人需要儀器才能維持生命。」盈盈搶在小綾之前回答。

「對，而且看來停電讓校園區中發生了不少意外，可能有人會被急停的電梯絆跌，也有人會因

為燈光不足而跌倒。」小綾在旁補充。

「我不理了！」會長衝過去詢問處，直接向職員大喊：「把當值的醫生找出來！我們這邊可是非常緊急的！」

「你們先到那邊的分流站去，要先評估你們的緊急程度。」職員沒有理會會長的命令。

「我可是聯校學生會的會長，這校園區內一切都是我管的，快把醫生叫出來。」

「對不起，這裡是醫院，看病的優先次序是取決於病人的嚴重程度的。」職員沒有讓步。

「我不和你說了，院長室在哪裡？我直接和院長談好了！」

「院長室在五樓，你從那邊乘電梯上去吧。」回答完之後，職員沒再理會會長，改為埋首於眼前的文件上。

會長氣沖沖地帶著小綾和盈盈上到五樓，也沒有敲門，直接就衝進院長室裡。院長正在電腦上看著各個部門的情況，冷不防三個少女正面的從大門衝進來，不由得被嚇了一跳。

「嗯，是紫晴？請問有甚麼事？」院長看來是認識會長的。

「我的朋友好像患了失憶症，叔叔麻煩你幫她看一看。」會長很有禮貌地請求院長。

「對，她是盈

盈，她由初中到現在的記憶在今天早上開始突然都消失了。」小綾剛才還怕氣上心頭的會長會對院長破口大罵，殊不知會長竟然這樣成熟，看來院長是會長的長輩，而且會長經歷了這半年之後，成長了不少。

「盈盈吧，你過來，讓我看看。」院長對盈盈做了基本的檢查。

「怎樣了？要怎樣她才會恢復記憶？」會長緊張的問。

「初步來看，我覺得盈盈並不是創傷後遺或者外來攻擊，但詳細可能還需要更深入的檢查，例如腦電波、或者超聲波之類的。」

「現在就立刻做檢查可以嗎？」

「我看一看。」院長回到面前的電腦上，翻查了一下預約資料，然後轉身對著會長說：「最快也要明天才能做檢查，大停電讓所有資源都緊張起來了。」

「那我們現在該怎麼辦？」

「失憶可不像一般感冒，你們可以考慮和她玩一下桌遊或是橋牌，刺激一下思考，說不定過幾天她就能恢復記憶了。」院長耐心地解釋。

「但我們沒這個時間了，叔叔你有沒有一些特效藥可以讓她恢復記憶？」

院長搖了搖頭，盈盈預約了明天來檢查的時間之後，就和會長和小綾一起離開醫院。

「你們不用太擔心我啦，說不定就像醫生所說一樣，休息幾天我就好了。」盈盈打算與會長和小綾告別，畢竟對於現在的盈盈來說，她是第一天遇到會長和小綾。

「停電、失憶、引爆裝置、初中、不是創傷後遺、也不是外來攻擊；看來事情並不單純，盈盈，我們可以到你的宿舍看看嗎？」小綾拉著盈盈，不讓她離去。

「呃，好像有點……有點唐突……」盈盈正想拒絕。

「盈盈你相信我們吧，我們一定能夠幫助你的。」會長沒等盈盈正式拒絕，就拉著小綾和盈盈往宿舍的方向走去。

來到了盈盈的宿舍門口，管家立刻讓會長和小綾內進，盈盈看到管家的反應後，心中的疑慮又少了一層，但還是不懂為甚麼會長和小綾要堅持來到這裡，她知道在自己失去的記憶內可以找到答案，但現在，那些記憶都顯得異常不真實。

小綾進到屋內，開始一間一間房間的搜索，會長和盈盈站在客廳中間，看著小綾從一個房間跑到另一個房間，忙碌得很。

盈盈忍不住在小綾一次經過自己面前時問。

「我想找到你放在家裡的伺服器。」小綾知道盈盈不可能記得伺服器放在哪兒的，但還是開口向盈盈詢問，畢竟她已經差不多檢查過這宿舍中所有的房間了。

「我之前是放在書房內的。」盈盈用自己記憶中餘下的資料作答。

「書房我剛才檢查過了，只放了幾部手提電腦。」

「那可能是在車庫？如果是我買了新伺服器的話，不是放在書房，就是放在車庫。」

三人一起衝向車庫，那裡的確放著一個機櫃，但裡面好像已經沒有放伺服器，只剩下一部大型的機器在底部。

「啊！原來我買了這個 42U 的機櫃，但怎麼沒有伺服器呢？」盈盈驚歎自己的收藏品。

「可能你把所有東西都轉到雲端去了，所以才沒有伺服器，但找到這個就夠了！」小綾指著機櫃底部的大型機器。

「UPS ！你想用來充電嗎？果然是我自己選的，是 2700 瓦特輸出的 UPS 耶！」

「不是啦，用來重啟你的電腦，裡面一定有昨天停電前的記錄。」小綾回應。

「等等！甚麼是 42U ？甚麼是 UPS ？你們在說甚麼？」會長感覺自己好像在和兩個外星人對話。

「U 是伺服器位置的單位，一個 42U 的機櫃可以安裝 42 個 1U 的伺服器、21 個 2U 的。UPS

是 Uninterrupted Power Supply，是用作緊急供電和防止斷電的系統。」盈盈簡單地解釋。

「我還是聽不懂，但供電的話，即是說可以像醫院那樣，局部恢復的意思？」會長嘗試用自己的方式去理解。

「醫院那種是用柴油發電的，我這種只是儲電池，電力和電量都不在同一個層次，但以我這個宿舍的規模來說，應該足夠了。」盈盈看著那部UPS，自信滿滿的說。

「還有電！」小綾把UPS開關打開。

「所以昨天斷電連UPS也切斷了？」盈盈非常驚訝。

「看來是了，你的UPS在昨晚停電時沒有正常運作，但那樣更好，我還怕電池已經耗盡了呢！盈盈，來吧，去書房，打開電腦，看看昨天停電前的記錄。」小綾推著盈盈回到書房去。

盈盈戰戰兢兢地來到自己的手提電腦前面，電腦熒幕上出現了電池電量不夠的圖樣，於是小綾把電腦連接到UPS的電源上，電腦變成了充電的模式。盈盈等了大約三分鐘，讓電腦稍為充電之後，才按下電腦的開關。

「糟了，我不可能三年來都沒有改過密碼的。」盈盈突然想起了這件事，她是一個會好好管理和更新密碼的使用者，每半年左右就會更換一次密碼。

「先試試吧。」小綾反而不太擔心這個問題。

電腦打開到登入畫面，然後鏡頭辨識了盈盈的容貌，自動就幫盈盈登入了；登入後，電腦有客製的介面，要求盈盈戴上耳機。

「看吧！現在大部分電腦都有容貌或者指紋登入功能的了，不用怕忘記密碼。」小綾知道三年前這種東西還不算普及，所以盈盈才會以為自己的手提電腦沒有這功能。

「等等，先別跟我說話。」盈盈戴上耳筒，那個入耳式的耳筒設計得非常獨特，戴上後幾乎完全藏在耳朵裡面，不留心看的話，根本不會發現。

盈盈說完這話之後，開始在鍵盤上飛快地輸入指令，眼神也變得認真起來。小綾和會長知道處理記錄檔需要一點時間，不敢騷擾盈盈，兩人退到書房後面各自找了張椅子坐下，管家為她們端來兩杯清水。

「會長，現在全校都沒有了網絡，我們要怎樣公佈新會章呢？」大約過了五分鐘，盈盈轉身來對會長說。

「咦？你恢復記憶了？」

「對！只要重新充電，我就會恢復這三年來的記憶！」盈盈說得輕描淡寫。

「我不明白，難道你也是人造人？」小綾抓了抓自己的後腦，用難以置信的語氣問道。

「當然不是啦，我在初中那年開始，就患上了記憶會重置的怪病，每天起床的時候，記憶就會重設到初中的某一天，這個手提電腦內有一個我自己編寫的程式，幫我記錄我需要記得的事，那樣，只要我每天早上打開電腦，我就可以重拾空白那段時間的記憶；到後來，記憶的量愈來愈多，我就把這個程式進化成為一個 AI 記憶裝置，會自動提醒我需要記得的事，例如每天早上回校的路該怎麼走這種諸如此類的。」盈盈指著自己的電腦解釋。

第5章 我不要當律師

盈盈的父母是城中享負盛名的夫妻檔律師，客戶包括各大政要和富商，很多時候，對手一旦知道在法院面對的是盈盈父母，都會直接商討庭外和解。

盈盈當然知道父母都是非常厲害的律師，但她自己卻對法律一點興趣都沒有，她比較喜歡有直接因果關係的東西，例如數學和科學，只要將兩個單數相加，永遠都會得出一個雙數，又例如只要把硫酸倒進砂糖裡，永遠都會變成質量幾倍的碳；但法律不是這樣，法律有灰色地帶，尋找這些灰色地帶正正是律師的份內事。

盈盈不喜歡這種灰色地帶，自然也不想成為一

個律師，但盈盈的父母卻不是這樣想，他們認為盈盈一定要好好地學習法律，然後繼承自己的衣缽。他們為盈盈找來了一個私人的法律老師，由小學開始，就為盈盈補習各國不同的法律，老師和盈盈住在一起，每天為她安排密密麻麻的行程，除了上學和在課餘時間學習法律之外，還有各式各樣的運動和健身課程，確保盈盈的身心都能夠成長成為一個偉大的律師。

到了初中一年級，盈盈當時和老師兩個人住在蘇格蘭的愛丁堡，就讀當地的名校，但每天的生活都由老師安排好，基本上完全沒有自由時間。

「老師，我想好好地和你談一談。」有一天，盈盈終於忍不住了，打算向老師作出申請。

「嗯，在步行去健身房的這段時間，你有一分

鐘可以談。」老師回應。

「我想每天有點時間可以玩電子遊戲，可以嗎？」盈盈非常喜歡電子遊戲，因為所有遊戲的機制都是直接的因果關係，遊戲中的敵人不會拖泥帶水，他們總是按著機制出招，能摸通那個機制的話，就能夠贏得勝利。

「你現在不是每星期有一小時可以玩遊戲了嗎？你可是未來的大律師，不能浪費太多時間在遊戲上面。」老師直接拒絕盈盈。

盈盈鼓起勇氣。

「健身房到了，你今天要做30分鐘的有氧運動還有肌肉鍛煉，記得要做熱身運動，我一個半小時之後再來接你。」老師說完就直接轉身，而健身教練也出來迎接盈盈了。

盈盈之後試過幾次再和老師申請，也試過直接聯絡父母，得到的答覆都是類似的，父母和老師根本沒有好好想過盈盈自己的意願，也沒有好好理解過盈盈口中的「遊戲設計師」是一個甚麼職業，彷彿在他們眼中，除了成為一個律師之外，這世界上已經沒有其他職業一樣。

「盈盈，最近你的成績很差呢！」老師看著盈盈在法律測驗上的成績，不由得皺了皺眉頭。

「有嗎？」盈盈看了看自己的成績，100分滿

分也有 85 分，雖然之前她一直會拿 90 分以上的。

「對，看來要加強練習了；而且你最近的精神很差，是不是睡得不好？」

「還可以吧。」盈盈打算敷衍過去。

「那今天把休息的半小時撥來做這次測驗的複習吧。」

幾天後，盈盈再次做法律測驗，成績還是沒有進步，只有 83 分，盈盈也知道自己快撐不下去了，決定向老師申請休假，老師見盈盈的臉色的確也不太好，所以決定讓盈盈休息三天。

但其實老師卻另有想法，她認為盈盈是因為在晚上玩遊戲，徹夜未眠，所以成績才會退步，所以老師偷偷地在盈盈的睡房中安裝了閉路電視，收集盈盈沉迷玩樂的證據。

不過幾天下來，老師從閉路電視中都只看到盈盈除了下床吃東西，其他時間都在床上休息，然後假期結束，盈盈的臉色也沒有好起來，一樣的蒼白無神。

「今天早上我幫你預約好醫生了，看來你病得不輕呢！」老師語重心長。

「不用不用，我再休息一兩天就會好了。」盈盈連忙拒絕，只要醫生一來，她的心血就全都會白費了。

「駁回，有病的話，一定要看醫生才會好，況且你已經休息三天了，這不就證明了休息是不足夠讓你好起來的嗎？」

盈盈知道自己拗不過老師，只好一下子跑回房間裡，並抱著手提電腦就向街上衝去。其實老師在這三天看到的閉路電視，都是盈盈用剪輯方法偽造的影片，再駭入閉路電視系統播放的。

盈盈在這半年來一直都是早上走著繁忙的行程，晚上再把睡眠時間都用來製作遊戲，而在這三天內，她不眠不休地進行著這遊戲的最後作業，只要再多過一兩天，她就可以完成作品然後交給發行商測試。

盈盈逃離家裡之後，在附近找了一間網咖，然後埋頭苦幹，終於在老師找到她之前完成了遊戲的創作，然後當她回家的時候，老師和父親都在家裡等著她。

「盈盈，這樣可不行啊，瞞著大家不睡覺去玩遊戲，甚至還改寫了家裡的閉路電視系統。」父親首先開腔。

「我一直有跟你們說，是你們不理我，我才被迫要這樣做的！」盈盈沒想過當她回家之後，一切都已經被拆穿。

「有我們幫你的話，你在未來一定能夠成為世上最頂級的律師的，你不可以浪費我們的一番心血。」父親開始有點憤怒。

「但遊戲始終是遊戲。」父親再次回答。

「即使你有做遊戲的天分，那應該只當是業餘的興趣，絕對不能當成正業，更不應該因為遊戲而欺騙我們。」老師在一旁補充。

「這樣吧，如果我得到了年度大獎，你們就讓我放棄法律，主修遊戲創作，這樣可以嗎？」盈盈提出。

「這個年度大獎每年的得獎者有多少個？還有在何時公佈？」父親舉起了手，稍為推算了一下。

「只有一個，在半年後公佈，而且我今年一定會勝出。」

「那，好吧，不過在獎項公佈之前，我不許你再用睡覺時間來創作遊戲。」父親的眼神閃過一絲溫柔，畢竟盈盈的臉色仍然蒼白，父親對此非常心痛。

「而且法律測驗成績一定要 90 分以上。」老師又再補充。

「沒問題，但我會用休息時間去修補 Bug 和回應用家問題，這樣可以嗎？」

「一言為定，我們算是訂立了契約，如果你得到年度大獎，就可以放棄法律，主修遊戲創作，如果得不到，你就要放棄遊戲，成為一個出色的律師。」父親信手寫了一張紙條，然後在上面簽名。

盈盈把紙條搶過來，確認了上面的條款後，在上面簽了字。

半年的時間一眨眼就過去了，盈盈的遊戲大獲好評，同時這半年間盈盈也有遵守約定，沒有再犧牲自己的睡覺時間，而法律測驗和學校功課都沒有退步。

但不幸的是，盈盈落選了遊戲「年度大獎」，只是得到了「最受期待新人獎」。

「爸爸！我可是『最受期待新人獎』的得主，換言之，整個業界都在等待我推出新作，我拜託你讓我繼續創作遊戲吧！」盈盈拿著獎座，在父親面前哭成淚人。

「契約就是契約，你沒有得到年度大獎，就只能夠履行合約，要放棄遊戲，成為一個出色的律師。」父親不打算讓步。

「為甚麼呢？我明明已經證明了自己，為甚麼你就不能讓我做我自己喜歡的事呢？」

「那不過是遊戲罷了，別說甚麼證明自己！你要證明的話，就在法院上證明給我看！」

「你怎麼就不願意理解一下我呢？怎麼就總是不願意理解一下我喜歡做的事呢？我是我，我不是你們的木偶，我有我自己想做的事！」盈盈連珠爆發。

「倒是你，你真的不明白我們的苦心？看著你這樣我們也很辛苦，但這也是非不得已的。」父親從盈盈手上搶過獎座，語氣間顯出他的怒火。

「得過這獎的人，差不多每一個最後也成為了遊戲界的大師，我也不會例外的！」

「這個甚麼垃圾獎！我呸！不要再拿它來要挾我了！如果半年前你把『最受期待新人獎』放在契約內的話，我一定不會簽名的，所以你別再耍脾氣了！」父親說完，怒不可遏地把獎狀摔向牆壁，用玻璃做成的獎座，連同盈盈這一年來為遊戲付出的心血，都一起被打成碎片，然後散落在地面上。

盈盈在那一刻崩潰了，立刻奪門而出，也沒有管自己走向哪個方向，只顧一直一直的向前跑，跑到累了，就坐下來休息，休息夠了之後又繼續向前跑，這樣一個通宵之後，盈盈來到了海邊。

迎著海風，看著浩瀚的海洋，盈盈的心裡還是非常糾結，她還是不明白為甚麼父親不願意放過她，也不明白為甚麼要受這種苦。

「我不要成為律師！」盈盈對著海平面大叫，叫出來之後，心情好像舒坦了一點。

「我不要當律師家族的女兒！」盈盈再次大叫。

「神呀！讓我失去記憶能力吧！只要我失去記憶能力，就再也不用讀法律了！」盈盈再三大叫，經過幾次大叫之後，盈盈深呼吸了一下，空氣中傳來大海的氣味，同一時間，心情也回復過來，她明白要父親接受她的志向，她還有一大段路要走。

盈盈回到家中，那時父親已經出門，而地上的玻璃碎也早就被清掃乾淨，盈盈知道這將會是漫長的戰鬥，因此，她決定好好的睡一覺。

幾天之後，盈盈發現自己每天醒來，記憶都會重置到從海邊回來那一天，日曆的日子不斷前進，但每次醒來時，她都會覺得自己昨晚剛從海邊回來。

老師帶了盈盈去看專科醫生，醫生說那是從來沒見過的怪病，建議盈盈停學一年，好好休養。

於是在停學的一年間，盈盈開始用電腦記下自己每天做過的事，但事情愈來愈多，盈盈開始編寫一個 Deep Learning 的 AI，去處理究竟每天要記起甚麼，要做甚麼。

一年後，AI 開發大成功，盈盈只需要直接用耳機和手指上的輸入裝置，就可以隨時讀取她存放在 AI 裡的記憶。

盈盈父母知道她竟然用自己的方式「康復」，心態也開始改變，希望盈盈能開開心心地生活，當然，這也可能是因為連盈盈父母自己也弄不清法律上律師究竟可不可以用 AI 作為記憶，與其要為了考取律師執照而挑戰法律，不如好好地讓盈盈做自己想做的事。

盈盈升讀高中時，父母特地為她選擇了寄宿制的聖迷迭香書院。在上學的第一天，盈盈一邊換衣服，一邊在 AI 裝置中輸入上學的路線。

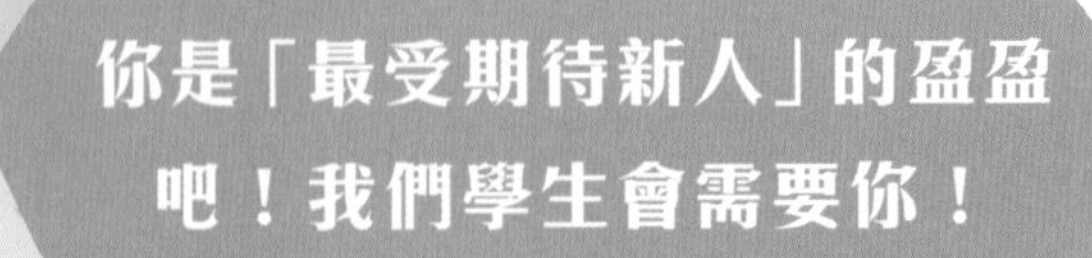

會長在門外等著剛踏進校門的盈盈。

第6章 破解EMP襲擊之謎

「三年前，遊戲年度大賞的『最受期待新人獎』？該不會是《MaMa is U》吧？我非常喜歡那個遊戲啊！」小綾聽完整個故事後，非常驚嘆，想不到自己喜愛的遊戲創作人原來一直在自己身邊。

「對你來說可能是三年前的事，對我來說，那個獎座是昨天才被擲成碎片的。」盈盈笑著說，看來她也已經放下心結。

「但我可從來都不知道你有失憶的問題。」會長舉手抓了抓自己的後腦。

「因為我沒打算讓大家知道嘛，我的記憶系統充電也充得差不多了。」盈盈對會長報以一個微笑。

「現在你可以正式歸隊了吧，我們快點出發去破解那個放在操場中心的引爆裝置吧！」會長心目中也想快點解決問題，盡早恢復正常。

「我的 AI 裡沒有昨晚到今天發生的事啦，小綾，你可以大致地解釋一下嗎？甚麼引爆裝置？」

小綾簡略地解釋給盈盈聽，然後又非常詳細地描述了那台放在操場中央的引爆裝置，包括那三個一旦輸入錯誤就會引發爆炸的數字鍵盤。

「我大概明白了，我們根本不需要冒險去想那三個鍵盤的密碼，像大停電把我的 AI 弄停一樣，我們要做的是把那個裝置的發動能源切斷。」盈盈的想法突破了固有的框架。

「要怎樣才能切斷能源供應呢，那裝置是用甚麼推動的我們都不知道。」小綾不解。

「就像大停電把我們的電力供應中斷一樣，我們只要再弄一次大停電，那個裝置就會停止運作了。」盈盈胸有成竹地答。

「即是你認為停電不是因為故障，而是一種襲擊？」小綾好像想通了。

「對，就是 EMP ！」

「我明白了，你認為昨天的大停電是由 EMP 造成的，所以很大機會在校園內的某處會有可以發出 EMP 的裝置，只要再發動那個裝置，就可以廢掉操場那個引爆器。」

「沒錯，我就說『天才推理少女小綾』是最棒的，只是我覺得那不會是一個裝置，而是 EMP 炸彈之類的東西。」盈盈一邊和小綾說話，一邊在電腦上開始作出運算。

「你們兩個天才等一等，先解釋讓我明白，甚麼是 EMP ？」會長忍不住終於要發問。

「EMP，Electromagnetic Pulse，即是電磁脈衝，如果功率足夠的話，電磁場可以讓用電設備或者電子設備發生『耦合』，產生具破壞性的電流和電涌，然後讓電器壞掉。」小綾盡量簡潔地向會長解釋。

「電纜在傳輸電力時，會用極高的電壓，讓電流在傳送時的流失減到最低，但高壓電普通電器根本不能使用，因此在傳到我們插頭之前，變壓站會把傳來的電壓降低。我假設敵人用 EMP 攻擊我們校園區，而變壓系統又被破壞的話，就能造成現在這種規模的大停電了。也因為如此，才會把我的 UPS 也一併切斷，而醫院的後備供電系統是停電後由員工啟動的柴油發電機，所以沒有 EMP 攻擊的問題。」盈盈一邊回應，一邊也沒有停下自己在電腦上的運算。

「所以我們現在要把那個甚麼電磁脈衝找出來？」會長問。

「大約是吧，小綾和會長，你們來看，我已經大約算出發放 EMP 的位置了。」盈盈的電腦熒幕上顯示著一張校園區的地圖，地圖上指著商業區後方的一片森林。

會長立刻發號施令。

三人快速地來到盈盈地圖所標示的地點，在森林中央突然有一個直徑大約 50 米的大坑洞，原本活在坑動位置的樹木不是被推倒就是被燒毀，在一片焦土中，小綾發現了不少炸彈碎片。

「是這裡了，果然是 EMP 炸彈，威力這麼強大，難怪校園區的變壓器撐不住了。」盈盈點了點頭。

「那為甚麼我的手機又沒問題呢？」會長不解。

「因為你手機中的電流比變壓站的少很多，所以影響也比較少，最多只是關機而已。」盈盈蹲了下來，在觀察炸彈碎片。

「我覺得引爆的人還在附近，而且應該還有後備的炸彈之類的。」小綾想找個高點四處張望，奈何坑洞以外的樹都很高，沒法看到坑洞的外圍。

「我們要找腳印之類嗎？」會長開始在坑道的邊緣細心觀察。

「經過這樣猛烈的爆炸，甚麼腳印都早被消滅了，我們分頭行動吧，三個方向，我相信應該五百米內就能找到。」小綾還在四處張望，希望可以找到一個高點，就不用這樣麻煩了。

「不用了，我帶你們去吧！」一把男聲突然響起，然後這把聲音的主人一下子就制服了會長，並把她的雙手綁起來。

「你是誰？」會長看不到那個綁著她的男人，只好拼命掙扎。

「你是約翰？」小綾認得這個男人，他是一個

僱傭兵，曾經接受過輝夜姬的委託去調查校園區，也同時是智文的養父。

「答對了，果然是『天才推理少女小綾』呢。」這時一把女聲響起，然後這把聲音的主人用同樣的手法制服了小綾，同一時間約翰也綁起了盈盈的雙手。女聲的主人想當然就是約翰的拍檔和妻子，智文的養母——陽子。

三人被押送到森林入面一間小屋裡，小屋中有不同的電子設備，也有自己的柴油發電機，更顯眼的是，小屋內就放著一個直徑一米，兩米長的 EMP 炸彈。

「我們不想傷害你們。」約翰對三人說。

「我們的責任是保護這些設備，還有在你們輸入錯誤答案時，要確保在沒有人會受傷的情況下引爆炸彈。」陽子補充。

「所以是怪盜輝夜姬委託你們做這些的嗎？」小綾雖然雙手被反綁，但直覺還是一樣敏鋭。

「我們不會洩露委託者的資訊的。」約翰回答。

「我待會就會放你們走，但你們不可以再回來了，乖乖的回去操場解答『深思』的問題，這個問題可不容許你們用『拔插頭』這種方式來解決啊！」陽子一邊説，一邊替會長鬆綁。

三人離開森林，回到商業區，打算商討一下下一步的行動。

第7章 奇怪裝置的答案

「果然是輝夜姬搞的鬼。」小綾一口咬定。

「你也是這樣想嗎？」會長很少看見小綾這樣咬牙切齒地肯定。

約翰和陽子是專業的僱傭兵，沒有委託的話，一定不會出現；而有那種財力委託他們，又會看上我們學校搞這種大型襲擊的，就只有怪盜輝夜姬一個了。

小綾是用排除法推理出這個結果的。

「那現在要怎麼辦？要回去解碼那個裝置嗎？」盈盈發問。

「你們去吧，我們不能按照著輝夜姬的劇本走，因為按照歷史，輝夜姬很喜歡用聲東擊西之計，像是名畫那一次，還有糖果屋那次都一樣。我現在自己去找方法讓供電恢復，或者偷到那個炸彈，然後再查出輝夜姬的真正意圖。」小綾已經下定決心。

「讓我一起去吧！」會長有點擔心小綾一個人行動會有危險。

「兩個人一起太容易被發現了，這次你就讓我單獨行動吧，放心，怪盜輝夜姬打算和我們玩遊戲，她不會真的傷害我的。」自加入學生會以來，小綾第一次拒絕會長的請求。

「好吧，小綾你要小心一點，如果電力恢復的話，就傳短訊給我們報平安。」會長也是自開學以來，第一次接受與她相悖的建議。

小綾轉身回到森林裡去，而盈盈和會長則一起回到了聖迷迭香書院的操場中央，那部裝置仍然在發出摩打聲響，從眼睛中的坑洞看進去，還是可以看到那盞綠色的燈在閃爍。

盈盈仔細地觀察那三個鍵盤，開始思考究竟要輸入甚麼，才是一個正確的答案。而會長則回到學生會室，把大家都帶到操場來，副會長、晶晶、思昀都在，唯獨智文不在。

「智文呢？她去哪了？」會長問。

「她沒有回來，學生會室內的字條也沒有人動過。」副會長簡要地回答。

「那樣可不好，紫語，這裡交給我們，你去羅勒葉高校找她吧，好嗎？」

副會長點了點頭，就立刻出發了，留在操場上的人於是就剩下會長、盈盈、晶晶和思昀。

「我有一個猜想……因為約翰和陽子所提到這裝置時，使用的字眼是『問題』和『答案』，而不是『破解』和『密碼』之類的，所以這三個鍵盤要輸入的，可能是一條數學問題的答案。」盈盈一邊看著自己的手提電腦，一邊對大家說。

「所以是『深思』給大家的問題嗎？那就一定是『生命、宇宙以及任何事情的終極答案』了，那答案是『42』。」思昀反射性地說出小說《銀河便車指南》裡面所寫的內容。

「42 ？」盈盈大叫。

「對，這台叫『深思』的電腦的建造目的，就是要算出『42』這個『生命、宇宙以及任何事情的終極答案』。」

「那就是『三立方數和』，有三個數字鍵盤，而且鍵盤上還有普通鍵盤沒有的正負號輸入！」盈盈興奮得跳起來。

「等等，甚麼是三立方數和？」會長今天可是一直被這種數理問題擊倒。

「立方就是指同一個數字自己相乘三次，例如2的立方就是2乘2再乘2，即是8，三立方數和是一個在數學界還未解決的問題，數學家們一直想證實所有整數都可以由三個立方數相加而得出，即是說24等於8＋8＋8，而36就等於1＋8＋27這樣。」

$X^3 + Y^3 + Z^3 = N$

「任何整數都可以這樣得出？那質數像是 7 那樣呢？」

「$7 = (-1)^3 + 0^3 + 2^3$，即是 $-1 + 0 + 8$，所以我才說鍵盤上可以輸入正負是提示之一。」

「那和 42 有甚麼關係？」

「自 1955 年這個問題有人挑戰開始，33 和 42 這兩個數字就一直沒解，一直到 2019 年才由大量

電腦一起合作，算出答案。相信思昀所說的小說作者也知道這件事，才把 42 這個號碼當做『生命、宇宙以及任何事情的終極答案』。」

「那你立刻把答案，即是 42 的『三立方數和』輸入去試試吧，看來我們已經破解了這個引爆裝置了！」會長看見勝利在望，不禁露出一個滿足的笑容。

「我剛才翻查了自己的記憶 AI，我看相關新聞時，沒有把答案記下來，我只記得答案是三個 17 位的數字。」

「那你現在重新計算一次不就好了？」

「不可能啦，那可是在 Charity Engine 全球網絡（Charity Engine's global grid）上耗費了 130 萬機時才計算完成所得出來的答案啊！」

會長再次被數理問題擊倒。

「就是單一電腦運算 130 萬小時的運算力，如果用我現在的手提電腦來算的話，要用 148.4 年才能算出答案。」

「那我們現在要怎麼辦？」

「如果可以上網，就可以立刻查出答案了。」

「所以是要等供電恢復，才能解答這個問題嗎？看來怪盜輝夜姬非要我們浪費時間在修復供電上不可呢！」會長有點氣憤，由剛才穩操勝券，到現在又再次陷入困境之中。

「等等，我找到可以上網的方法了，你們聽過 Starlink 計劃嗎？」盈盈顯然在自己的記憶 AI 中不斷地在搜尋答案。

正當會長想回答「沒聽過」之際，盈盈就拔足向著校外狂奔，剩下會長、思昀和晶晶三個人站在操場的中央。

過了大約一小時，盈盈和她的管家帶著一大堆儀器回來，其中一個就是盈盈車庫中放著的 UPS，還有一大堆像是天線的東西。

「所謂 Starlink 計劃呢，是由 SpaceX 主辦，讓全球任何地方都可以連上互聯網的計劃，他們向天上發射了大量的人造衞星，只要連接上其中一個，就可以接上互聯網了。」盈盈一邊安裝天線，一邊向大家解釋。

「所以現在你知道答案了嗎？」

盈盈把手提電腦打開，熒幕上顯示了三組 17 位數字的答案，分別是：

-80538738812075974

80435758145817515

12602123297335631

「慢慢來，小心一點，千萬不要輸入錯誤啊！」會長看到這一堆數字，不禁有點暈眩，如果成功解決這個問題的話，這幾天內她也不會想再聽到任何關於數學的事了。

晶晶和思昀也有同樣的感覺，她們明白自己並不可能在鍵盤上正確無誤地輸入這三組數字，這實在不是一件簡單的工作，所以她們都只能屏息靜氣地看著盈盈一個一個數字地輸入。

當盈盈輸入完三組數字後，「深思」裡面的摩打聲停下，而那顆綠色燈真的熄滅了。

第8章 小綾她們去哪了？

工程部最終知道問題出在變壓站那邊，但損毀的零件需要訂購新的才能修復，從訂購到運送到校園再更換好，前後足足停電了五天。這五天內，大家過著像是露營般的生活，沒有了電力供應，大家只能在河溪盛水來喝，只能用柴火生火煮食，只能用燭光在夜間照明，生活雖然不方便，但對於各個同學來說，也算是一種相當特別的體驗。

至於盈盈，她的 UPS 電池用盡後，記憶就在起床後重設回到了初中時的那個夜晚。思昀說那就和西尾維新小說《忘卻偵探》系列裡的女主

角「掟上今日子」的設定一樣，但就連這一點，盈盈都會在明天起床後忘得一乾二淨。

　　真正令人擔心的是，智文、小綾、副會長三個人居然都沒有回來。她們怎麼了？是在羅勒葉高校發生了意外嗎？沒有電話、沒有電腦，會長她們除了苦苦地等待三人之外，也沒有甚麼其他可以做。

會長決定了即使電力恢復，也不會急於再發表新會章，一切要先等小綾她們回來再算，現在第一優先是恢復網絡和電力，而第二順位就是找到小綾她們，再來才是學生會會務的事情。

到了第六天，三月二十日，電力終於恢復，這時的會長立刻連接自己的電話充電，再打開電話，立刻撥打小綾的電話號碼。

「電話號碼暫時未能接通，請你晚一點再試吧。」電話那邊傳來令人失望的機械聲音。

於是會長再打副會長的電話，這次電話有響起了，但卻沒人接聽，這下子讓會長非常擔心，不知道她們三人安不安全。

就在這時候，會長的電話響起，還沒看來電顯示，紫晴就快速地把電話接聽起來。

「喂。」電話那邊傳來的是一把男性聲音。

「你是？」

「我是阿辰啦！是紫晴嗎？你快點來幫我勸勸小綾吧！」

「勸甚麼？」

「小綾！你快點過來聽電話！是紫晴啦！」

「小綾？」

「嗯，會長嗎？」

「阿辰說甚麼勸你？你們去了這麼多天，發生了甚麼事？」

「我們發現了輝夜姬在校園內的秘密，我現在打算去拆穿她的陰謀，說不定還可以揭穿她的真正身份呢！」

「你不可以一個人去啊，你要等我。」會長當然不想錯過這樣有趣的事。

「你來不及了，我們身處的地方很遠。」

「那你和阿辰兩個現在就要出發？在哪裡？你們兩個人沒問題嗎？」

「智文、副會長和阿煩都在，你不用擔心我們，阿辰，你拿回你的電話吧！」

「嗯嗯，怎樣？紫晴你有好好勸她嗎？我覺得那樣太危險了，但她完全聽不進我的話。」阿辰重新拿回電話。

「你們等我來到再決定吧！好不好？」

我們在很遠的地方，你來不及的了，放心吧，我會好好地保護小綾的。

阿辰說完這句話之後，就匆匆掛斷了電話……

留下了一頭霧水的會長呆在原地。

下期預告

CASE 9

偵破輝夜姬犯罪集團

小綾獨自出發前往調查怪盜輝夜姬，
中途遇上了商會的主席加入一起行動。
她們一起發現了一個大型犯罪集團，
小綾更發現自己一直富有正義感的父親，
竟然正在領導這集團！
難道，小綾的父親就是——
怪盜輝夜姬？

2022年夏天出版

甫出版一期即上暢銷榜，實力非凡！一起見證，最閃亮的女團誕生！

公主訓練班

vol.1-3　經已出版

超人氣畫家 余遠鍠 X 鬼才作家 陳四月

攜手開創「吸血新新新世紀」!!!

我的吸血鬼同學

vol.1-11+ 番外篇　經已出版

巨猿現身桃花源，為了解開小猴身世之謎，

迦南等人將會來到孫悟空的出生地——花果山。

獵人團隊重裝出擊，面對日漸壯大的不法組織，

吸血鬼王子與艾爾文聯手出擊。

為了拯救雙雙，安德魯踏入了東方男性不敢進入的領土——女兒國。

密切留意 vol.12 即將出版！

CASE 8

校園怪裝置爆炸奇案

作者	卡特
繪畫	魂魂 SOUL
策劃	余兒
編輯	小尾
設計	Zaku Choi
出版	創造館 CREATION CABIN LIMITED 荃灣美環街 1 號時貿中心 604 室
電話	3158 0918
聯絡	creationcabinhk@gmail.com
發行	泛華發行代理有限公司 將軍澳工業邨駿昌街七號二樓
印刷	美雅印刷製本有限公司 觀塘榮業街 6 號海濱工業大廈 4 樓 A 室
出版日期	2022 年 2 月
ISBN	978-988-75784-5-1
定價	$68

出版：

創造館 CREATION CABIN

製作：

本故事之所有內容及人物純屬虛構，如有雷同，實屬巧合。

版權所有　翻印必究 ・ Printed in Hong Kong

本書之全部文字及圖片均屬 CREATION CABIN LIMITED 所有，受國際及地區版權法保障，未經出版人書面同意，以任何形式複製或轉載本書全部或部分內容，均屬違法。